KB107378

허공춤

허공춤

이기와 명상시집

산맥

이기와 명상시집 『허공춤』에 수록된 작품을
연이어 시청할 수 있는 시낭송 동영상 QR코드입니다.

■ 시인의 말

되짚어 보니 나는 참으로 섬약한 아이였다. 눈으로 눈을 똑바로 쳐다보지 못했고, 정면으로 마주 앉지 못했고 고양이에게도 개에게도 속마음을 털어놓지 못했다. 어느 날 맹추 소리를 듣던 말 못 하는 아이가 용기를 내어 말 잘 하는 사람 하나를 쓰러트린 이후부터 나의 속임수는 시작되었다. 삐뚤어진 말로 하늘의 경전을 들먹거렸고, 나는 여자가 아닌데 화장을 하고 다녔고, 나는 슬픔이 아닌데 눈물과 친한 척을 했고, 나는 굶주리지 않는데 노예의 근성을 좇았다. 내가 나를 속이는 것을 알았지만 멈출 수 없었다. 그래서 빨리 늙고 싶었고, 이가 빨리 빠지길 바랐다. 내가 버리려고 했던, 외면하려고 했던 욕망의 얼굴들은 너무도 나를 많이 닮아 있었다. 나를 통해서 너를 본다. 너도 자기 배반 속에서 허탈할 것이다. 우린 모두 나의 이방인이다. 눈을 떠 보니 이 세상이 아름다웠다는 말은 차마 꺼낼 수 없었다. 아직 아파하고 있는 네가 있으니… 너의 고단함을 허공에 초대하고 싶다. 허공처럼 모든 한계에서 벗어날 때까지 허공춤으로 화답하고 싶다.

■ 차 례

1

2

1부

Image by Hassan Ahmed from Pixabay

오도(悟道)

깨달음은

한순간의 춤에 지나지 않는다

하지만 그 춤의 공연 시간은 끝이 없다

✪ Image by Raimund Andree from Pixabay

선정으로 가는 길

듣는 데
귀가 방해된다는 걸 알았다

보는 데
눈이 방해된다는 걸 알았다

맛보는 데
혀가 방해된다는 걸 알았다

내 그럴 줄 알았다
언젠가
내 도끼에 내 발등 찍힐 줄 알았다

© Image by Pexels from Pixabay

본성으로 가는 길

걸어도 걸어도
발이 집에 닿지 않는다

잠을 벗어 두고 걸어왔는데
집이 더 멀어진다

모래산을 넘어 온 지 오래인데
강을 건너 온 지 오래인데

여긴가 싶은데
걷다 늙어버렸다

집에 가기 힘들다

©Image by Sandal74 from Pixabay

취중(醉中)

간밤 독주에 쓰러져
눈을 떠보니 딴 세상에 당도해 있다
낯설지만 언젠가 와 본 듯한,
여기가 날 떠나보낸 내 고향인가
아님 날 떨어트린 유배지인가

고향이라면 이제,
눌러앉아 몸 쓰다 버리고 싶고
유배지라면 어서,
쓰다 버린 몸 챙겨 떠나고 싶고

펼쳐 볼 지도가 없으니
다시 독주 한 잔

©Image by Nici Keil from Pixabay

면벽(面壁)

벽을 뚫으려고 하니 벽이 벽으로 서네

억겁 동안 쌓인 잠이 한꺼번에 밀려오고

벽에 점 하나 찍어 놓고

찍은 놈도 잊어버리고

✪ Image by Cuyahoga from Pixabay

입맞춤

위로는 하늘만 있는 것이 아니고
아래로는 땅만 있는 것이 아니고
가운데로는 사람만 있는 것이 아니라고
말씀하셨습니다

입술에 입술을 대는 순간
쉽게 알아들었습니다

허공이 춤을 춥니다

✪ Image by Greg Montani from Pixabay

연애하듯이

수행은 연애하듯이 해야 한다
심장이 풍선처럼 터지고
자기 자신을 향해 방아쇠를 당기고
천수천안의 야심과 동침하며
과거나 미래를 버리고
물과 불을 너머서
고통과 쾌락을 등지며
새처럼 날지만 언제나 정지해 있으며
난해한 문제이지만 풀어서 푼 게 아니며

와장창 넘어져서 우주를 향해 뻗는
홀가분한 연애

✪ Image by Peter Arvell from Pixabay

달맞이꽃은 안다

달맞이꽃이 밤에 피는 이유는
낮을 이해 못 해서가 아닙니다
낮에 외상을 입었기 때문이 아닙니다
거부와 외면의 선택이 아닙니다

달맞이꽃이 밤에 피는 건
이미 낮을 잘 알고 있다는 것입니다
이미 낮을 사랑해 봤다는 것입니다
낮과 밤이 하나의 가슴이라는 걸
둘로 나눌 수 없는 무한이라는 걸
태어나기 전부터 이해했다는
담담한 몸짓입니다

✪ Image by kolibri5 from Pixabay

오래된 여행자

촛불을 들고
내 안의 깊은 동굴로 들어가 보니
거기,
오랜 세월 아무도 찾아오지 않아
흰 눈썹이 땅에 닿고
손톱이 강줄기처럼 뻗은
늙은 여행자가 먼저 와 앉아 있었네

그와 처음 마주한 눈빛인데
깊이 정들어 있었네

✪Image by Wolfgang_Hasselmann from Pixabay

미안하다

한 계절이 바뀌고
기다려도 소식 없던,
산 중을 돌며 병든 몸 다독이는 도반에게
연락이 왔다
나 아직 살아 있다고
느리게 아주 느린 속도로 지구를 돌고 있다고

사과를 따러 사과밭으로 향하던
발걸음을 멈춰 세우는
천둥 같은 질책
그 소리에 발을 뗄 수 없었다

쓰러진 선수를 놔두고
혼자 질주하는 것 같아서
너무 빨리 지구를 도는 것 같아서

✪Image by ChiemSeherin from Pixabay

허공춤

허공이 열려 있어
너의 물방울 원피스가 출렁이고

허공이 열려 있어
너의 웃음소리가 때굴때굴 굴러가고

허공이 열려 있어
너의 입술이 내 입술에 와 붉게 물들고

허공이 열려 있어
밤하늘의 수많은 별들이 수줍게 반짝이니

오늘부턴
모든 게 되기 위해 아무것도 아니어야 하는
허공춤을 추리라

✪Image by veronica111886 from Pixabay

고요와의 키스

고요와 사귀어 본 적이 있나요?
고요와 동침한 적이 있나요?
어릴 적 일처럼 아련하신가요?
고요는 다루기 힘든 애인입니다
고요는 배경이지만
가끔 전경으로 경험되기도 합니다
고요의 이목구비는 뚜렷하고 웅장합니다
고요에는 고요의 성질만이 아니라
고요를 망치려는 요란의 성질도 품고 있습니다
그래서 사랑한다면 꽉 붙들어야 합니다
고요가 등을 돌려 떠나갔을 때
처음 만난 장소였던 바닷가로 찾아가 보세요
그 자리에 첫 키스의 순간처럼
고요가 정박해 있을 겁니다

❂ Image by silver eun from Pixabay

빨간 내복

다세대 옥탑방 빨랫줄에 빨강 한 벌이 걸렸습니다
오후가 되자 흰 눈꽃송이들 내려와 빨강이 무엇인지
하얗게 하얗게 어루만져 봅니다
검은 잿물 희끗희끗 번져나는 삼천리 연탄가게 고개 너머
제일교회 창문에서도 빨강이 선명한 기호처럼 잘 보입니다
어쩔 땐 움츠려 있기도 하고 어쩔 땐 축 늘어져 있기도 한,
빨강은 빨강을 있게 한 주인을 모릅니다
늘 봐왔지만 아프가니스탄 전쟁도 성탄절 종소리도 모릅니다
공중에 무시로 걸린 그 색은
다만 추우면 얼고 따뜻하면 녹을 뿐입니다

❂ Image by StockSnap from Pixabay

안목(眼目)

새를 보았다
저녁을 이끌고 청산을 넘어가는 새
한 마리의 새

새를 보았다
저녁을 이끌고 청산을 넘어가는 새를 뒤따르는 새
두 마리의 새

다행이다
하나와 그 외의 하나가 아닌
둘이어서
한 쌍을 한눈에 볼 수 있어서
외롭지 않게 되어서

순간의 안쪽에서 영원을 포착하기 위해
나는 더
시선을 바깥쪽으로 돌리는 법을 배워야 한다

✪Image by Judith Scharnowski from Pixabay

신의 한 수

위험을
은신처로 삼는다

위험과 손을 잡았을 때
내가 몰랐던 내가 튀어나온다

죽음을 건너뛰기 위해
전갈의 독에 익숙해야 한다

사막에서 동사한
고대인의 유언을 듣는 밤

위험이 편안하게 다가올 때가 있다

✪ Image by naturfreund_pics from Pixabay

떨어진다는 건

하늘의 그물을 빠져나온 두견새 울음이 툭,
0시로 떨어지자

뒤 숲, 흘러가는 시간을 삼킨
봉분 옆 홍시감도 알았다는 듯, 툭,
0시로 떨어졌다

꽉 쥔 손을 놓아주는 이가 있었던 게지

하늘을 소란스럽게 했던 묽은 열매도
푸른 이끼의 자장가로 번지도록
더 깊이 머리 조아려 백치의 바닥이 되어야
그로부터 놓여나는 게지

0시의 본적지로 돌아가는 길
떨어진다는 건 중력의 일이 아니다

✪ Image by brands amon from Pixabay

꿈이었다

도화숲으로 간다
피기도 전에 저버리는 조급한 성미로
젊음을 망친 한때를 지나
눈물겨운 일, 더 이상
불러 세우지 말자, 다독였건만
몽중에 이끌려
다시 도화숲으로 간다
아련했던 살냄새를 맡으니
이를 어쩌나,
다시 애를 낳고 싶다는 충동이 일고
문득, 하나뿐인 고백을 털어놓고 싶어졌다
아-, 이를 어쩌나
그 고백이 뭔지 떠오르지 않는다

❂Image by Wolfgang_Hasselmann from Pixabay

습관의 집

비 오는 날 밀린 빨래를 하고
한 페이지짜리 꿈속에서
너의 이름을 세 번 부르다 깨고
콩나물무침은 맵고 싱겁게
식탁에서는 왼쪽에 앉고
뉴스를 보면서 이를 갈고
창틀에 손톱깎이를 놔두고
화장대 서랍에서 찾고
파리는 파리채로 치고
풍뎅이는 두 손에 담아
창밖으로 내보내고
너의 전화는 차단하고
설거지를 하면서 울고

내 집엔 내가 살지 않는다
오래된 습관이 산다

✪Image by _Marion from Pixabay

눈물의 출처

울다 보면 내 눈물은
내 눈물만이 아닌 것 같다

내 어머니가 죽어서도 흘리는 눈물 같고
내 할머니가 죽어서도 흘리는 눈물 같고
내 고조할머니가 죽어서도 흘리는 눈물 같고
그 전, 그 전전부터 보내오는 눈물 같다
그래서 멈추지 못할 때가 있다

눈물의 사연은
나의 사연만은 아닌 것 같다
나를 있게 한 시원으로부터 보내오는
먼먼 굽이굽이의 사연인 것 같다
여러 갈래의 물줄기가 한곳으로 모여들듯
못다 한 눈물들이 내 눈물 속으로 모여든 것 같다
그래서 바다를 이룬 것 같다

✪Image by Kevin Schmid from Pixabay

절벽 수행자

시간이 응고된 화강암의 몸
깎아 세운 절벽
절벽의 두피에서 자라나는 흰 머리카락
한 많은 저 폭포수

나를 쳐라
이를 악물고 따갑게 내리치는 소리의 회초리

비속한 속력으로
수없이 쪼개지고 수없이 응집되는 번뇌

길이 끊긴 곳에서 길이 된 그를 보았다

절벽의 늑골을 물의 칼로 다듬어
해탈의 미소로 채운 마애불이
절벽 안에 사람 형상으로 앉아 있었다

✪ Image by Nadine Doerlé from Pixabay

주와 객의 만남

빨간 꽃이 눈을 본다
시냇물 소리가 귀를 듣는다
낙엽 태우는 냄새가 코를 맡는다
레몬향이 혀를 맛본다
탱자나무 가시가 허벅지를 만진다

동시 신호가 켜지고
천지에, 내가 너로 등장한다

바람이 시베리아 철새를 이동시킨다
이쪽에서 저쪽으로
시베리아 철새가 바람을 이동시킨다
저쪽에서 이쪽으로
반은 가고 반은 온다
무시이래(無始以來) 하는 자(者) 없이
투명한 감각을 실어 나른다

✪Image by klimkin from Pixabay

무명꽃

지친 바람이 산모롱이를 돌아
쉬어 가는 아기무덤 가
길 위가 집인 유랑녀처럼 낯선 얼굴로
곧 떠날 듯이 얕게 엉덩이를 붙이고
너는 앉아 있다

이름 없는, 너를 만질 수 있을까
이름 없이, 너의 사연을 들을 수 있을까

산 아랫마을에 내려와 누군가 붙들고
너를 봤다고 말을 전하지 못했다
이름 없는 너에게 다가가는 방법을
아는 이가 아무도 없었으므로

❂ Image by jarekgrafik from Pixabay

늙은 몸

가벼운 비의 무게조차 못 이겨
떨어지는 낙엽을 닮은 발바닥들
방향성 없이 굴러다니는 로터리에서
지팡이는 왜 노인의 허리에 집착하는지

멈춰버릴까
돌아갈까
주저앉을까

살 만큼 살았어도 방향을 꺾을 때면
여전히 망설여지고
쪼그라진 입술을 타고 흘러내린 하품이
유모차를 밀고 가는 10월
10월만 먹고 11월과 12월은 먹지 말자
떨이하고 싶은 시든 몸들이
5일장 담벼락에 줄지어 앉아 있다

© Image by Greg Montani from Pixabay

무향무취

사막은 향기를 품지 않는다
무향이 가장 짙은 향임을 아는 것이다

후각이 젊었던 과거
아무 체취도 없는 사내에게
집중한 적이 있다
멋이라곤 찾아 볼 수 없는,
무자극이 주는 미묘한 자극에 이끌려…

그에게 온전히 침투되는 순간
나도 인간 냄새를 벗었다

✪Image by Adam Derewecki from Pixabay

내면아이

6살 먹은 아이를 집에 버려두고
스스로 행방불명이 된 엄마들은
6살 때 이미 가출한 아이이다
햇살 담을 마음에다 새로운 상처를 채우고는
자주 사막 호텔에서 나체로 발견된다

아이들이 우는 것은 엄마를 찾는 것이 아니다
엄마를 안아주려고 운다
아이들은 엄마보다 더 광활한 몸을 가졌다

Image by Nici Keil from Pixabay

못다한 이별

아직 첫눈이 오지 않았고
겨울밤 별들을 다 세지 못했는데
그대 성급히 떠나고
추억이 저문 강에 홀로 서서
오면서 가는 물결의 혼잣말과
울다가 웃는 갈대의 푸념과
죽으며 사는 송장 하나를 마주하며

나는 내가 아니다
상처는 내가 아니다
눈물은 내가 아니다

마지못해 다독이는 못다한 이별

2부

✪Image by Nasalune-FcK from Pixabay

닮은 상(象)

느티나무가 왜 느티나무로 보일까요
새똥구리가 왜 새똥구리로 보일까요
민들레가 왜 민들레로 보일까요
바나나는 왜 노랗게 보일까요
다람쥐는 왜 귀엽게 보일까요
기린은 왜 목이 길게 보일까요
모닥불은 왜 따뜻하게 보일까요
순자 씨는 왜 순자 씨로 보일까요
오리훈제는 왜 오리로 보이지 않을까요

여태껏 내가 본 건 뭘까요

❂ Image by Wolfgang_Hasselmann from Pixabay

생각하는 골목

생각하는 골목은 무겁다
으슥하고 어두운 그믐밤이다
그 외통의 골목에서 출구를 못 찾는
꼬리뼈가 퇴화되고 머리가 커진 짐승들
생각의 중력에 이끌려 제자리를 맴돌다
간혹 누군가 토해낸 사변(思辨) 옆에서
영영 잠들어버리기도 한다
골목의 아이들은
사탕을 물리지 않아도
공갈빵처럼 허둥지둥 몸집을 키우고
생각의 중력을 이겨내는 법을 익히지만
그 골목을 빠져나간 어른이 없어
골목의 전설은 다시 무겁고
오늘도 여전히 그믐밤이다

✪ Image by Adri Marie from Pixabay

반전

오래 살고 싶으세요?

이 순간을 영원으로 만드세요

© Image by Mirosław i Joanna Bucholc from Pixabay

꽃길을 보냅니다

온통 꽃으로 뒤덮인
그야말로 꽃길
꽃이 되어 걷고 싶은 길
흐드러진 꽃길 속을 걷는
당신의 뒷모습을 보는 일이
내가 꽃길을 걸어
혼자 누리는 것보다
더 만발한 기쁨임을 알았습니다

✪Image by Jim Black from Pixabay

송구하여라

너의 날숨이
나의 들숨으로 들어와 목숨이 되는 시간
너로부터 온 내가
발걸음을 옮길 때마다 송구하여라
나 하나만으로는 나를 옮길 수 없음을
땅강아지가 날마다 가르쳐 주었네
너의 숨 한 톨로
나의 기쁨과 슬픔의 밥을 짓는 동안
동박새는 하늘에 자취 없이 원을 그리고
계곡물은 풀의 발을 씻기며 흐르고
산딸기는 선홍빛으로 익어
내 삶의 꽉 찬 풍경을 완성했으니
이 또한 송구하여라

오늘 당도한 이 눈부신 아침은
어느 누가 보낸 송구함인가

✪ Image by Monica Volpin from Pixabay

정념(正念)

밤벌레 웁니다

빌고 비는 간곡한 기도
칠흑의 밤, 환한 소리의 등을 켭니다

자기 몸 닳도록 비벼
누군가에게로 향하는 단단한 집중

한 가지 고백만 혼신으로 할 줄 알아도
우주를 흔드는

❂Image by redakcaky_cz from Pixabay

건배

낱개 포장된, 각각의 흩어진 마음을

찰나에, 한 점으로 모으는 일

✪Image by Josiane Boute from Pixabay

응시의 힘

누군가 숲속을 오래도록 응시했나 보다
숲속으로 아담한 오솔길이 난 걸 보니

누군가 바다를 오래도록 응시했나 보다
바다에 등대가 불을 밝히고 있는 걸 보니

누군가 창밖을 오래도록 응시했나 보다
창밖에 빨간 우체통이 생길 걸 보니

누군가 당신을 오래도록 응시했나 보다
당신 얼굴에 행복이 깃든 걸 보니

✪Image by LoggaWiggler from Pixabay

육신의 짐

저녁이 한쪽 발을 절며
마을로 걸어 내려와
굴뚝에 연기를 지핍니다

고단은 저녁만의 것이 아니어서
산비둘기도 온종일 울다 목이 쉬어
저녁엔 울음을 건너뜁니다

개미는 이고 가던 짐을 던져놓고
길모퉁이에 주저앉아
소낙비를 피합니다

목숨을 지불하고 하루를 살기엔
너무도 긴 노동
인간의 옷을 벗어도
걸어 둘 곳이 없는 허한 날들입니다

✪ Image by David Mark from Pixabay

사무친 것들

얼마나 오래도록 불러 봤을까
너의 이름

엉겅퀴, 가시박
개망초, 제비꽃
자운영, 씀바귀
지칭개, 여뀌

들꽃처럼 다가왔던 순영아
너 없이 살 수 있을까 싶었던 시절
난 불구였다
구부러진 마음을 펴지 못했으니
서툴러도 다시 돌아가련다
상처 받고 상처 준 사무친 이름 없는 곳
허공으로 돌아가
처음도 끝도 없이 널 품에 안아보련다

✪Image by Eleabarjavel from Pixabay

인식의 한계

빨간 사과가 수작을 걸어온다
맛이 아니라
나는 빨간색에 흥분하고 집착한다
빨간색은 까다로워서
오해와 착각과 불륜을 일으킨다
그건, 잘 모르기 때문이다
빨간색에도 슬픔이 있는지
다람쥐도 빨간색과 사랑에 빠지는지
여전히 아리송하고
뜬구름 같아서
우주를 떠돌게 한다

Image by pixelRaw from Pixabay

내통(內通)

오후 4시경
지나가는 호랑나비를 훔쳐보기 위해
해바라기가 연신 까치발을 들고
돌담 밖으로 노란 얼굴을 내밀고 있다
해바라기의 관심은 오직 그것뿐

나도 그렇다
벗어난 적 없다

태어나면서부터 너를 꼬시는 중이다

✪ Image by pixelRaw from Pixabay

자몽과의 관계

무더운 여름, 숲속 카페에서
자몽에이드를 시켜 놓고
온몸으로 받아들인다
목으로 넘어가면서
자몽이 나를 먹는다
살과 피가 자몽빛으로 물들고
나는 안개처럼 흐려진다

카페 음악이 천상으로 올라가
노래하는 새들을 불러 모으는 동안
자몽 잎이 된 나의 열 손가락과
자몽 가지가 된 나의 두 팔이
원시의 숲을 그리워하며 춤을 춘다
이때 자몽과 나의 거리를
누가 잴 수 있겠는가

✪Image by annewesterhoven from Pixabay

기억과 망각

모든 기억의 종착지엔
사막이 있다
뜨거웠던 사랑
애타던 눈물
굶주린 외로움
부서지기 쉬운 것들은
사막의 개성을 닮아
망각의 부장품이 된다
모래무덤에 매장된 기억을
뒤늦게 용서한다 해도
사막엔 감정의 지도가 없어
다시 돌아갈 수 없다
그렇게 철저히 희미해지면서
너는 나로부터 나는 너로부터
자유로워진다

❂ Image by Gidon Pico from Pixabay

사막 명상

사막에서 벗어나려는 사람들은
벗어나려는 많은 양의 생각에
스스로 갇힌다
부푼 생각이 모래늪이 되어
발가락과 정수리를
짚어 삼킨다
타들어 가는 고통을 불러와
앞당겨 느끼며
사막의 바깥 것만 구하지
사막의 안을 구하지 않는다
사막을 명상하지 못한다
불 속에서
얼음이 되어보지 못한다

© Image by LisaJasminAdams from Pixabay

눈맞춤

너의 눈동자 속으로 들어갈 때
나는 육체를 벗어야 한다
실오라기 하나 걸쳐도
통과할 수 없다는 것을 안다
외부세계와 연결된 동공 안쪽,
깊은 낭떠러지가 숨겨져 있는지
떨어져도 떨어져도
끝이 없는 이 아득함

✪Image by Laura Montagnani from Pixabay

사막의 도시락

사막의 피크닉, 멋지지 않아?
휘파람을 불며 어느 방향으로 가야 하지?
어디에 당도해 돗자리를 펼칠까?
어느 쪽을 등지고 둥글게 앉아서 먹지?
도시락 반찬으로 전갈 볶음이 어울릴까?
30층 아파트 창처럼
놀이터가 내려다보이는 장소는 없을까?
흥분이 바오밥나무처럼 자라나
히히히, 낄낄낄
철없는 웃음이 폭발하기도 할까?
사막에서 최후의 도시락을 먹고 싶어
뙤약볕처럼 강렬하게
냄새도 없고 맛도 없어서
아무것도 사랑할 수 없을 때까지
죽은 듯이 헐떡이며

✪ Image by Beat Obrist from Pixabay

관성(慣性)

내 생각의 출처는 사막이다
거기엔 몹쓸 비밀이 숨겨져 있다
인류가 흘린 눈물의 양만큼
모래벌레들이 살다 죽은 시간만큼
지독한 방향성을 유전 받았다
이전에도 생의 기승전결이 유사했다
어디로 굴러가든 재방송인데
나는 왜 한사코 나여야만 하는가
한사코 사막의 여행자여야 하는가
발 없는 자가 눈 없는 자에게 납치되어
공연히 한 생을 왔다 간다

© Image by Pexels from Pixabay

박쥐

무지의 어둠이 무성한 동굴
서로의 피와 살을 구걸하면서
언제부턴가
아무도
도원으로 가는 길을
묻지 않는다

싫다던 고통을 배달해 먹으면서
끊겠다던 이승과의 불륜을 즐기면서

자유인지 속박인지 모르고
하늘 반대 방향으로 시선을 떨구고
거꾸로 매달려

✪Image by Haris khan from Pixabay

말의 전염성

외롭다는 말이
비가 되어 내린거지요
지붕의 틈새를 타고 뚝, 뚝 떨어져
집 한 채를 침수시킨 거지요

한 번 길이 나면
쉽고, 빠르게 젖어들지요
비가 아니라 말이요

일기 예보도 없이
외롭다는 말이 쏟아진 날
저녁밥상도 외로워지고
거실 유리창도 외로워지고
신발장의 신발도 외로워지고
알 수 없이 이끌려
집 한 채가 둥둥 떠다니고 있어요

❂Image by wurliburli from Pixabay

말의 무게

사막은 수시로 말의 언덕을 옮긴다

아침에 서쪽에 앉아 푸념을 떨던 말의 언덕이
저녁에는 동쪽에 앉아 장엄하게 설법을 한다

팔만사천 경전을 펼친 부처는
평생 한마디도 하지 않았다는데

큰 귀를 모시고 사는 나는
하지도 않은 말을 평생 주워 담았으니
이 수백만 톤 말무더기의 언덕을 어떻게 옮기나

✪Image by Leoooooooooo from Pixabay

모두 안녕

특별히, 당신의 용서 없이도

바다는 잘 있습니다

3부

✪ Image by Marie-France BRU from Pixabay

감각의 사계

봄의, 숨 막히는 꽃들의 분내
여름의, 개구리 울음에 젖는 소낙비
가을의, 터질 듯한 황금벌판
겨울의, 꼬리 긴 바람과 펄펄 춤추는 눈발

들뜬, 한껏 포장된 계절이
나를 흔들도록
나의 심장을 앗아가도록
감각의 문을 헐겁게 열어 두지 마세요
그건 당신이 원하는 기쁨이 아닙니다

화려한 기쁨이 모두 지나가고
남은 자리,
광활한 여백의 고요
아무것도 아닌 것 같은 계절이
최상의 계절입니다

✪ Image by natasevilla from Pixabay

천국의 지도 · 1

장미향처럼 매혹적이거나
피카소 그림처럼 입체적이거나
짜릿함이 날마다 비처럼 내리거나
매일 융숭한 음식을 대접받거나
좋은 일만 항상 당첨되거나

이 게 천국인가 싶다가
홧김에
보던 지도를 찢어버리고 말았다

✪ Image by Oleg Mityukhin from Pixabay

천국의 지도 · 2

내 살과 뼈의 그늘 아래서
희비의 이물질과 싸우고
늦은 밤 귀가한 상처를 쓰다듬고
넘어진 땅에서 다시 땅을 짚고 일어나고
기가 막혀 코웃음이 나오고
바람 부는 시간과 맞붙어
사무침의 기록 경신을 더하는
이런, 한 치 앞도 알 수 없는
뉴스가 터지는 곳이라면
한 번쯤 시간 내서
지도를 따라 방문해 보겠습니다

✪ Image by mufaddalap from Pixabay

한눈에

처음 마주친

그대의 눈동자 속에서

한 찰나에

137억 년 동안 살아온 우주의 전생이

상영되는 것을 보았다

Image by Jürgen Bierlein from Pixabay

봄의 구성

딱따구리가 셋방을 보수하는 소리에
숲의 심장이 뜁니다

나뭇잎들이 푸른 손뼉을 치며
아낌없는 호응을 보냅니다

봄이 서둘러 당도하고
이웃들이
초록 벽지로 숲을 가득 채웁니다

숲은 딱따구리가 없으면
완성되지 않습니다

그러고 보니, 그대
그대가 없으면 전 어쩔뻔 했어요

✪ Image by Pexels from Pixabay

춘다의 마지막 공양

춘다여
통곡하지 마라
너의 공양에 무슨 잘못이 있겠느냐
이 세상을 구성하는 건
기쁨이면서 슬픔이듯 독이면서 약이니
부처께 올린 독은 이율배반이 아니다
독에 무슨 감정이 있겠느냐
춘다여
너의 공양을 손가락질 하는 자
그는 외도이며 사도이니 울지 마라
땅에 스며든 깨달은 자의 뼈와 살이
꽃이 되고 수천수만 나비의 꿈을 만들고
온 산 열매를 붉게 틔우고
짐승들의 발톱을 단단하게 하리니
너의 공양은 한 치도
진리 밖을 나간 적이 없다

Ⓒ Image by Pete Linforth from Pixabay

보는 자를 보는 자

어느 날은
꽃을 보다가 웃음이 터지고

어느 날은
꽃을 보다가 욕설이 터지고

꽃과 웃음이
꽃과 욕설이
어떤 내연관계에 있는지 궁금하지 않나요?

그래서 누누이
꽃을 보는 자를 보라고
말씀하셨습니다

©Image by Yves Bernardi from Pixabay

허공새

냄새나고 질척한 길이 있다

그 길로 가지 않아

흔적을 남기지 않는 존재가 있다

하지만

그 길로 가도

흔적이 남지 않는 존재가 있다

동박새 한 마리가 땅을 박차고

허공으로 날아간다

❂Image by Madhubabu Singadi from Pixabay

죽음의 길

백척간두의 조마조마한 밤
지친 몸 받아 줄 바닥이 없는 방
갈기갈기 찢긴 가슴이
마지막 움켜쥔, 이것은 뭔가

몸을 다 썼다

이쯤에서 뒷걸음질 쳐야 하나?
아니야
이쯤에서 뛰어내려야 해!

길이 없다는 건
어디든 길이라는 걸 알 때까지

✪Image by letitiamperry from Pixabay

마음 사냥

수선화 한 송이를 본다

한 송이 수선화를 보는 일은
전 우주적인 일

수선화 한 송이가 눈앞에서 사라졌다
조금 전 마음은 어디로 갔나

바람이 불지 않으면
바다는 출렁이지 않는다

✪ Image by StockSnap from Pixabay

한 송이 꽃

사막에 핀 한 송이 꽃
모든 모래알들의 염원이
밀어 올린 꽃

빵 부스러기처럼 별빛이 흩어진 밤
우주의 드라마를 청취하는
사막의
단 하나뿐인 귀

✪ Image by Simon Berger from Pixabay

깨달음의 전후

시집살이 첫날
소금단지는 어디에 있는지
주발은 어디에 두는지
절구질은 어떻게 하는지
된밥을 먹는지 진밥을 먹는지
가늠할 수 없어
발을 동동 구르고
속을 박박 태웠는데
시어머니 시누이 모진 말
20년 담금질 하고 보니

산다는 게
허허,
싱겁기 그지없습니다

✪ Image by Erdenebayar Bayansan from Pixabay

자기 보호

시선을 거부하기 위해
사막은 스스로 색을 지운다

무채색이 자기를 보호하는데
가장 안전한 색임을 안다

문을 걸어 잠근 은둔형 외톨이들의
미소도 무채색이다

✪ Image by Herbert Bieser from Pixabay

낙타 그림

낙타 그림을 그리기 위해서는
먼저 태양을 빌려와야 한다
그 다음 모래사막을 그린다
모래사막을 그려야
낙타를 그릴 수 있다는 것을 아이는 안다
모래사막 위에 발 네 개,
혹 등 두 개를 그리자
낙타가 살아서 걸어간다
아이가 지우개로 그림을 지운다
먼저 빌린 태양을 돌려줘야 한다
그 다음 모래사막을 지운다
모래사막을 지워야지만
혹 등 두 개, 발 네 개인
낙타를 지울 수 있다는 것을 안다
낙타가 어디서 와서 어디로 가는지
오래전부터 아이는 알고 있다

✪Image by ChiemSeherin from Pixabay

혀의 경전

눈 안에 삿된 모래 조각이 박혀
눈을 뜨기 어려운 날
의통(醫通)이 있으신 어머니는
혀를 소금에 씻어 내 눈 안에 담그시고
하늘 저 편의 말씀을 전하셨다

애야, 네 눈동자에 뾰족한 씨앗을 담지 마라
유릿날 같은 소문과
쇳조각 같은 원망은
작아도 뿌리박히면 뽑아내기 어려우니
모래바람이 불어오거든
잠을 자듯 두 눈을 감아라

혀로 내 눈동자를 휘휘 저으며
짙게 내려앉은 불안한 티끌을 훑어내실 적에
불효하게도 그때
동공에 씹히는 어머니의 혀를 맛본 적 있다

✪ Image by Herbert Bieser from Pixabay

멀리 있지 않다

"하늘을 보세요" 했더니
다들 머리 위를 쳐다본다

하늘은 위에만 있는 것이 아닌데
코앞에 있는 하늘도 하늘인데

사람들은
멀리 있는 하늘만 보고 산다

✪ Image by jacqueline macou from Pixabay

그것

당신에 대해 말할 수 없어요
당신은 읽히지 않으니까요

당신을 떠날 수 없어요
당신은 온 적이 없으니까요

당신을 그리워할 수 없어요
당신은 기억을 주지 않으니까요

당신을 품을 수 없어요
당신은 나보다 더 넓으니까요

당신은 나의 영원한 허공입니다

✪Image by David Mark from Pixabay

사막의 기적

20년 건기가 계속되면
죽음 직전, 기적이 펼쳐진다
뜨거운 지층에 잠들어 있던
상처의 씨앗들이 신의 가호 없이
오기의 힘으로 싹을 틔워
사막의 꽃, 신부들이 된다
애기쐐기풀로 면사포 쓰고
에델바이스로 연지곤지 찍고
마지막 밤이 첫날밤이 되는 시각
사막 여기저기에 폭죽이 터진다

© Image by kolibri5 from Pixabay

허공춤

허공이 열려 있어
너의 물방울 원피스가 출렁이고

허공이 열려 있어
너의 웃음소리가 때굴때굴 굴러가고

허공이 열려 있어
너의 입술이 내 입술에 와 붉게 물들고

허공이 열려 있어
밤하늘의 수많은 별들이 수줍게 반짝이니

오늘부턴
모든 게 되기 위해 아무 것도 아니어야 하는
허공춤을 추리라

© Image by Pexels from Pixabay

목숨의 질

얼마나 견고한가
굴려도 깨지지 않는 금강석 같고
물구덩이에 박혀도 썩지 않는 연씨 같으니

얼마나 연약한가
작은 풀잎 끝에 맺힌 이슬 같고
불어오는 바람 앞에 놓인 촛불 같으니

저걸 가져다
어디에 쓸 것인가

❂ Image by kolibri5 from Pixabay

기억 말리기

칼과 창이 으스러져,
돈과 사랑이 으스러져, 더 이상
볼 것도, 만질 것도 없는
사막에서는 눈물방울도 떨어지다 말고
허공에서 말라 허공이 된다
더 이상, 느끼지 말자
느낄 것 없으니 내뱉은 마지막 숨도
주워 담지 말자
모래폭풍이 지나가도록
나의 고루한 육신과 정신을 밟고
가시나무와 도마뱀과 독수리가
맨발로 지나가도록
표정 없이 열어 두자
모든 이승의 기억이
새하얗게 증발하도록

©Image by Tanja Wilbertz from Pixabay

깨달음은 없다

생각이 없다는 듯
사막은 바다의 선정보다 고요하다
완전히 풀어져 주워 담을 것 없는
공복에서 오는 허탈함
말라죽은 나무의 발목이 뒹구는
그 우연한 방향으로
아직 죽지 않은 새가 날아가고
해가 떠도 구할 것이 없어
경건하기까지 한 사막의 꼽추 등
구부러진 등 들썩이며 울 것 없다
황금빛 장식을 했다고 허탈함이 다를까
애당초, 깨달음은 없었다
모래를 파도 모래뿐임을
모래 시간 속으로
또 모래 시간이 흐를 뿐

❂Image by khitrol from Pixabay

존재의 가벼움

이 땅에 봄이 너무 많이 전시됐으므로
지루해진 봄
빼앗기기 전에 봄처녀는 돌려줘야지
심오한 권태 덕분에
연애할 맛이 없었으므로
가슴은 서둘러 사막으로 보내야지
아라비안의 요술도
굴러다니는 낙타 뼈처럼 신비가 퇴색됐으니
이제 충분히 길을 잃고 헤매야지
참을 수 없는 존재의 가벼움으로

✪Image by esudroff from Pixabay

한소식

내가 밥 주던 나는 이미 죽었다

엄마의 젖가슴이 나를 추방하던 날

내 딸이 나보다 먼저 시집가던 날

별똥별이 떨어지며 아무 소원도 들어주지 않던 날

저녁 식사로 달맞이꽃이 사슴을 먹던 날

바위가 하늘로 올라가 양떼구름이 되던 날

죽은 내 해골이 나를 탕탕 깨우던 날

❂Image by cocoparisienne from Pixabay

끝에 있는 사막

어제의 몸체에서 떨어져 나온
사막의 발가락들
시간을 잃고 오갈 데 없이 뒹군다
모래비는 날마다 하관식 예배처럼 내리고
오늘도 발인(發靷)이다

바람의 형상으로 지어진 것들의 뒤란은
속이 비고 넓기만 하여 신기루 같이 휑하다

어떤 길로 가도 한 점에서 만난다는데
굴러가던 것들은 모두 모래가 되어
여기, 사막에 다다르는데
한 점에 다다른 사막은 어디로 가나

허공춤

이기와 명상시집

초판 1쇄 발행 | 2021년 12월 25일
지은이 | 이기와
펴낸이 | 이경옥
펴낸곳 | 산맥
등록번호 | 제 409-2010-000022호
등록일자 | 2010년 11월 01일
주소 | 강원도 화천군 간동면 용호길 73-82
전화 | 033-441-9993
전자우편 | yeogongg@hanmail.net

ISBN 978-89-924-9720-6(03810)

값 10,000원

* 이 책의 작품을 사용하려면 반드시 저작권자의 동의를 받아야합니다.
* 이 책은 2021년 강원도, 강원문화재단의 후원을 받아 발간되었습니다.